그꽃

이영애 압화작품집

이영애

1964년 경북 의성 산운마을에서 태어나
열 살, 부모님을 떠나 대구에서 학창시절을 보냈으며
스물셋, 경북 봉화군에서 공직 생활을 시작하여
서른셋, 고양시로 근무지를 옮겨와
예순, 38여 년간의 공직을 마칩니다.

꽃의 도시, 고양시에서 근무하며
고양세계압화공예대전과
고양 압화산업대학 운영,
동경 플라워엑스포·독일 에센원예박람회 압화 전시,
우즈베키스탄 타슈켄트국립예술센터 압화 전시 등
압화 업무에 열정을 쏟았습니다.

퇴직 후 꽃을 좋아하는 사람들과 인생을 가꾸며
살아가려 합니다.

지나고 보니 살아오는 동안 만난
일상이, 사람이 모두 꽃이었다

이영애 압화작품집

생각나눔

1 꽃으로 받아 적다

2 너도 그러한가

3 어둠 속 아름다운 그 무엇

4 꽃에 美친 여자, '꽃미녀'의 삶

에필로그

서시(시작하며)

그 꽃(The Flower)

전류가 흐르듯
마음으로 흘러
가슴에 새겨진 꽃

추억이란 이름으로 불러낼
꽃들이 많다는 건
삶을 가슴 뜨겁게 살았다는 증표

풋사랑의 추억, 봄 꽃다지
첫사랑의 추억, 여름 수국
늦사랑의 추억, 가을 구절초
끝사랑의 추억, 겨울 동백

내 영혼의 심연에서 피어나는
너는 어떤 의미일까?

정관사 The의 의미대로
나는 너를 '그 꽃'이라 부른다

그 때, 그 사람, 그 이유
바로 그 꽃

그 꽃 | 105*57cm 100가지 소재*

* 가막살, 개나리, 개망초, 거베라, 고사리잎, 골드크레스트, 공조팝, 과꽃, 구절초, 기생초, 꽃다지, 꽃마리, 꽃잔디, 냉이꽃, 노랑코스모스, 눈개승마, 다닥냉이, 단정화, 당근꽃, 대상화, 데이지, 덜꿩, 델피니움, 등골나물, 디모르포테카, 라넌큘러스, 라벤더, 마가렛, 말발도리, 맨드라미, 메리골드, 명자꽃, 목마가렛, 목수국, 무궁화, 무스카리, 물망초, 뮤렌베키아, 고양레이디, 바우에라, 배초향, 백일홍, 버베나, 벌개미취, 봄맞이, 분홍 찔레, 불두화, 붉은 인동, 산국, 샤스타데이지, 설난, 설악초, 세라기넬라, 소국, 솔레이롤리아, 수국, 스토크, 시계초, 시클라멘, 쑥부쟁이, 아디안텀, 아미초, 아스타, 아스틸베, 안개꽃, 알리섬, 애기범부채, 양골담초, 왁스플라워, 유칼립투스, 으아리, 은엽아카시아, 이스라지, 익소라, 일당귀, 자이언트시계초, 작약, 장미, 퍼플리아, 조팝, 족제비싸리, 좀목형, 종지나물, 천일홍, 카네이션, 코스모스, 쿠페아, 크리스마스로즈, 클레마티스, 토끼풀꽃, 팝콘수국, 패모, 팬지, 펜넬, 프렌치라벤더, 프리뮬러, 피나타라벤더, 헤어리베치, 황새냉이, 휴케라

작가의 말

서른여덟 번 목련이 피고 지는 긴 시간을 지나
인생의 환승역에 다다랐습니다.

지나고 보니 살아오는 동안 만난 일상이, 사람이 모두 꽃이었습니다.
어린 시절 고향 산운마을에서 바라본 은하수
코스모스를 좋아하시던 엄마
꽃에서 살아가는 힘을 얻는다는 큰언니
잔디밭 풀을 뽑으며 떠오른 생각들
농장에서 바라본 노을과 들길
그 시간과 추억들을 꽃으로 받아 적었습니다.

압화 작품을 하는 과정에서는 그립고 아팠지만
완성하고 나니 마음이 따뜻해졌습니다.
굳게 닫아뒀던 그리움의 빗장을 열어 위로받고 치유받는 시간이었나 봅니다.
작품을 통해 여러분도 '그 꽃'을 만나고 마음이 평온해지면 참 좋겠습니다.

이제 떠납니다.
아직 피우지 못한 그 꽃을 돌보기 위해
환승역 목적지,
노을이 예쁜 농장으로

2024년 6월에
새로운 출발점에서

1 꽃으로 받아 적다

그 시간과 추억들을

꽃으로 받아 적다

코스모스, 엄마

엄마가 소녀처럼
좋아하시던 꽃
그리움처럼 살랑거린다

서둘러 먼 길을 떠나신
엄마 얼굴은
언제나 예순 즈음

보고픈 그 얼굴
가을바람을 타고 와
꽃과 함께 일렁인다

내 안에서
꽃이었다가
눈물이었다가

하늘하늘 하늘가에 핀
엄마

코스모스, 엄마 | 82*46cm 코스모스

큰언니의 꽃밭

버거운 삶의 무게
꽃의 기운으로
이고 온 생

육남매 맏이의 고달픈 생활
사루비아, 과꽃 가꾸며
이겨냈지만

꽃에 눈길 한 번 주지 못한 때가 있었지
내려놓은 교편 뒤
길고 깊은 시집살이의 시간

칠순 훌쩍 넘어
반려자의 긴 간병 굴레 속에서야
오롯한 꽃순이 되어

아파트 현관문 들어서면
사각 공간 전체가
그녀의 꽃밭이다

사람보다 꽃에 기대어 산 언니 곁에
소롯이 자리 잡은
꽃, 꽃들...

뿌리 돋고 싹 트는 식물에서
살아갈 힘을 얻는다는 언니는
오늘도 꽃밭에서 흙장난하고 있겠지

꽃들은 애지중지 손길로
호사를 누리는데
언니 여생도 꽃만 같다면 얼마나 좋을까

큰언니의 꽃밭 | 56*43cm 박판지, 골드크레스트, 시클라멘, 유칼립투스, 맨드라미,
세이지, 설난, 은엽아카시아, 버베나, 피나타라벤더, 접란, 목수국

꽃밭에서

마음에게 묻는다
 – 어디에서 사니

마음이 대답한다
 – 꽃밭에 살아

다시 꽃에게 묻는다
 – 어디에서 사니

꽃이 대답한다
 – 마음속에 살지

꽃밭에 사는 마음
세상에서 가장 행복하고

마음속에 사는 꽃
세상에서 가장 아름답다

찬 서리에 꽃이 사그라지면
꽃밭에 살던 마음
어디로 가야 할지 방황하게 되지만
그럴 때는
마음속에 고운 꽃 피우면 되지

꽃밭에서 | 43*62cm 공조팝, 목수국, 세라기넬라, 가막살, 톱풀, 고사리잎

잔디밭 수레국화

잡초들이 뿌리 내리고 사는
잔디밭 풀을 뽑는다
조금의 미안함도 망설임도 없다
어차피 있을 자리 아니었으니

문득 눈에 띈 수레국화 한 떨기
귀하고 애틋하여 뽑지 못하고
오히려 잘 자라라 손길을 준다
그곳에서라도 아름답게 꽃피워 보라고

그리운 사람들에게
제자리 아닌 곳에 뿌리내려
눈길조차 자주 받지 못하더라도
가끔 어쩌다 시선 마주칠 때면

그 입가에 미소 지으며
아름답게 피어나라
진심으로 빌어주는
수레국화처럼 피고 싶다

잔디밭 수레국화 | 44*36cm 수레국화, 잔디, 토끼풀, 목수국, 세라기넬라, 나무껍질

동백꽃

숙명의 꽃!

차가운 눈, 센바람 속에서도
열정 불태워
붉게 피어났다

고혹적인 자태
마주 선 순간
온몸에 흐르는 전율
영혼을 지배하는 마술적인 힘을 지녀

봄, 여름, 가을
온갖 꽃 피어나지만
가슴에 싸지른 불
너만 할 리 없다

꽃 지면 어쩌나
애간장 끓이기도 하지만
까맣게 태우고도
사그라지지 않는 너의 잔상
문신처럼 남기에

꽃송이 툭 떨어진들
슬플 까닭이 없다

불멸의 꽃!

동백꽃 | 38*68cm 동백, 자개, 목화솜

크리스마스로즈

말만 들어도 설레는 크리스마스에
로맨틱한 로즈까지 보태진
너의 이름은
'크리스마스로즈'

장미처럼 화려한 색도 모양도 아닌데
어쩐지 눈길을 끄는 묘한 분위기
얼굴에 점 하나
허투루 찍힌 게 아니었구나

고귀한 자태
지레 황송하여
감히 함부로 쳐다볼 수 없지만
마음을 온통 내어 주게 되는 꽃

꽃의 여왕 장미의 기품과
성스러운 크리스마스의 느낌을 한 몸에 담아
모든 꽃이 깊이 잠든
추운 계절에
너는 그저 조용히 피어났을 뿐인데
나는 너의 의미를 마음 깊이 아로새기네

크리스마스 로즈 | 71*43cm 크리스마스로즈, 솔레이롤리아(천사의 눈물), 스켈레톤 잎, 시계초 넝쿨

라임색 목수국

어름의 길목에서 만난
순백도 짙푸르지도 않은
풋오이 속살 같은
맑고 청아한 영혼

내가 꽃이라면
너처럼 피고 싶었다

온종일 바라만 보다가
라임색으로 멍든 하루

라임색 목수국 | 29*38cm 목수국, 은사시나무 잎, 솔레이롤리아(천사의 눈물), 박판지, 나무껍질

꽃씨를 거두며

천 줄기 바람
만 방울 비
온 잎으로 받아들이고

억만 톤 뙤약볕
꽃가슴에 꾹꾹 눌러 담아

속으로 영근 씨앗
1년의 세월이 담겨있다

이듬해 어디에서 꽃피어
누구의 마음을 흔들어 댈까?

꽃씨를 거두며 | 22*35cm 씨앗(펜넬, 메리골드, 백일홍, 나팔꽃, 천일홍, 코스모스, 일당귀), 코스모스, 백일홍, 천일홍, 일당귀

가을 잎

길을 긷다가
오묘하게 물든 잎과 마주쳤네

꽃처럼
꽃만큼
꽃보다 아름다운
진실의 빛깔

시린 이슬 머금어야
잎색이 아름다워지듯이
온갖 아픔 이겨내야
인생도 아름다워지겠지

내 인생도
그리움의 강 건너
인고의 산을 넘어
꽃인 양 찬란하게 물들고 있네

가을 잎 | 35*28cm 명아주잎, 단풍잎, 쑥잎, 대왕참나무 잎, 남천잎, 환삼덩굴잎, 목화잎, 조팝잎

겨울나무

나무는
이별의 상흔
떨켜로 남아도
버거울 때는
떠나보내는 지혜가 필요함을 알고 있지

너는
인연의 연줄 놓아버린
삭정이도 떨치지 못하는
미련을 떨고 있지

나무도 아는 사실을
너만 외면한 채
턱도 없는 고집을 피우고 있지

오직 앙상한 가지로만
찬바람 맞으며
흔들림조차 꽁꽁 싸맨
겨울나무처럼 살아 봐

봄 되면
빈 가지에서
새 눈트고 꽃 피듯

삶도 비우고 버려야
새롭게, 아름답게
변하는 거지

겨울나무 | 34*43cm 포도나무 껍질, 자작나무 껍질, 은쑥, 백묘국, 나도냉이, 설악초

꽃다발

가보지 않은 길을 가 보세요
천천히

고단한 날개 접고 잠시 쉬어 보세요
편안히

당신을 위한 삶 속으로 날아가세요
온전히

마음을 담아 축하의 꽃다발을 드립니다
가득히

꽃다발* | 50*50cm, 50*50cm 장미, 금자백합, 카네이션, 공작초,
안개꽃, 유칼립투스, 소국(화이트캡), 스토크

* 남편 퇴직 축하 꽃다발의 꽃과 포장재를 이용하여 압화로 표현한 작품

2 너도 그러한가

너를 만나러 떠나는 발걸음은
언제나 설레었다

너와 함께 찍은 사진
사진첩에 넘쳐 나고

너를 보면 기분이 좋아져
얼굴에 웃음 가득 피어난다

너의 곁에 머물고 싶은 걸 보면
분명 사랑에 빠졌는데

너도 그러한가

“언제부턴가 수국 꽃이 좋아졌다.”

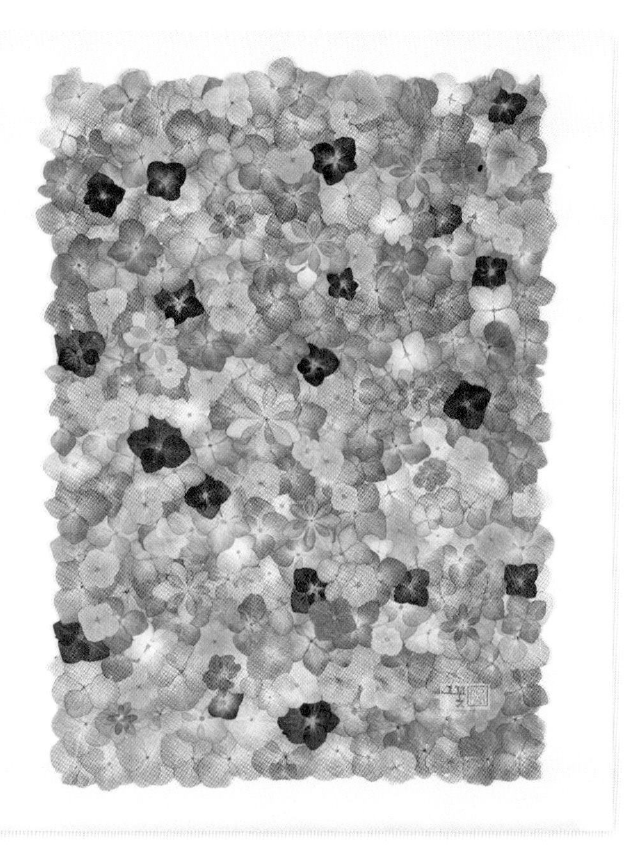

꽃무리 | 30*41cm, 30*41m 델피니움, 수국,

신비의 시간 속으로 | 39*49cm 자이언트 시계초

일상을 벗어나 신비의 시간 속으로 걸어가 보라
새로운 세상이 열릴 때 살맛 나는 게 인생이다

꽃과 그림자 | 28*38.5cm 아미초, 목수국

'그림자가 있어야 더욱 돋보인다'는 사실,
살면서 잊지 말아야 할 부분이다

마음속 꽃병 하나 I | 21*28cm 목마가렛, 맨드라미, 황새냉이, 낙엽, 자작나무 껍질, 박판지

마음속 꽃병 하나II | 21*28cm 벌개미취, 라벤더, 황새냉이, 맨드라미 잎, 시계초 넝쿨, 박판지

마음속에 꽃병 하나쯤 가지고
이런저런 꽃 꽂으며 살아가는 인생

생각의 전환
“텃밭도 꽃밭이다”

텃밭의 기억 | 20*20cm 당근 꽃, 옥수수 잎, 은사시나무 잎, 낙엽

꽃이 전하는 말* | 12.5*17.5cm 클레마티스, 수국, 버베나, 크리스마스로즈, 꽃다지, 황새냉이, 물망초. 공조팝

* 압화와 연필드로잉

3 어둠 속 아름다운 그 무엇

내가 빛을 잃지 않으면
어둠 속에서도 밝게 빛나리

캄캄할 때 더욱 빛나는 별처럼

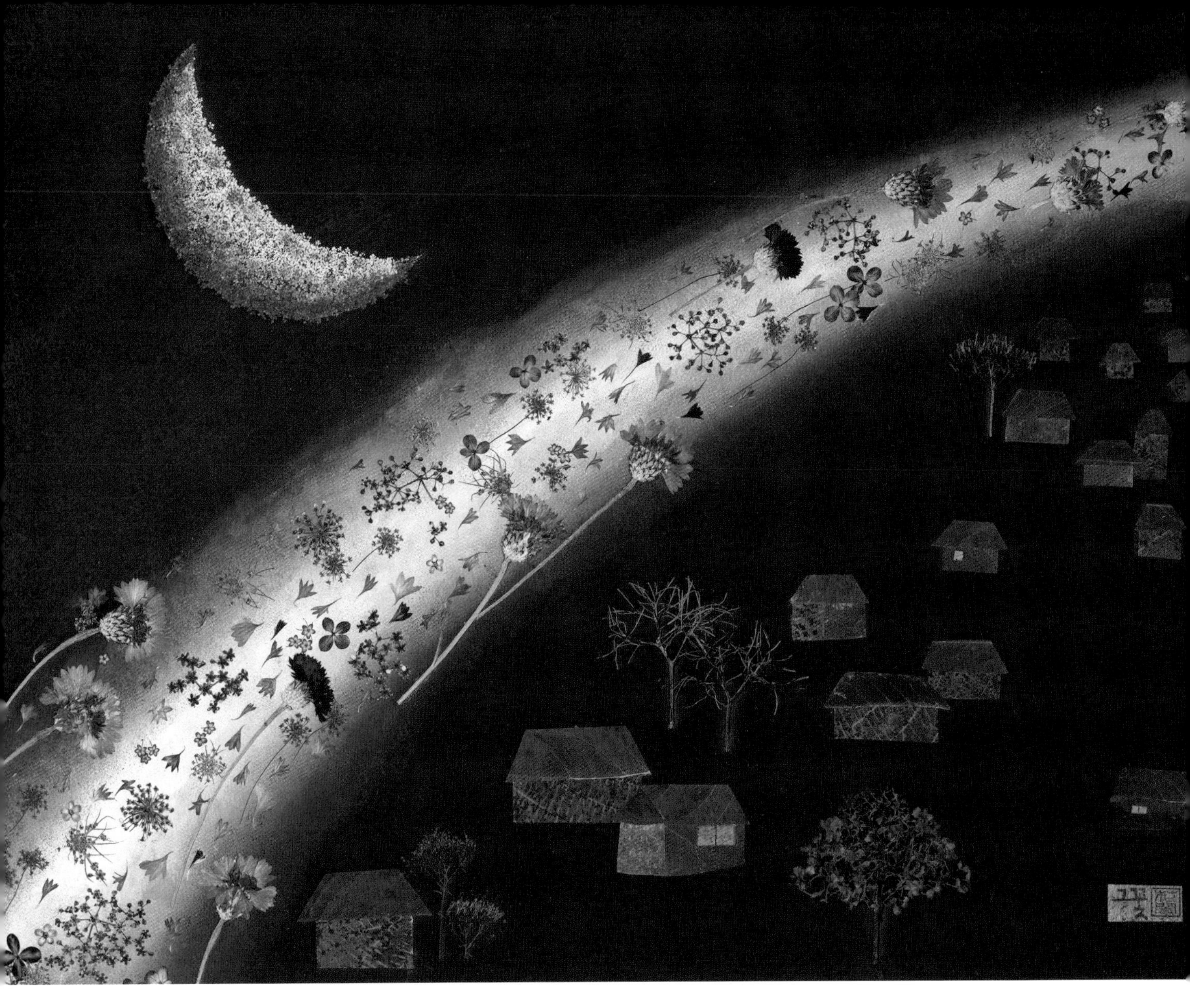

은하수 흐르는 마을 | 57*45cm 수레국화, 아미초, 목수국, 가막살, 일당귀

엄마 따라 밤마실 나갔다가
멍석 위에 누워서 바라보던 은하수

별 만큼 많은 꿈들
어디로 갔을까?

소원을 비는 밤 | 34*45cm 가막살, 공조팝, 당근꽃, 목수국, 아디안텀

울 엄마
막내딸 잘되라고
달님 보며 소원을 빌었겠지

그 덕에
지금 내가
이렇게 사나 보다

해 질 녘
노을빛 아름다운 들길을 걷는 시간

하루를 정리하며
나와 소통하고 내면의 평정을 찾는 시간

인생 해 질 녘도
이처럼 아름답고 평화롭기를

해 질 녘 들길을 걷다 | 92*35cm 강아지풀, 맥문동, 쑥, 목수국, 좀목형, 붓들레아, 개똥쑥

어둠만 보지 마라
그 속에는
꽃도 피어있나니

숲속의 밤 | 36*50cm 자작나무 껍질,
시클라멘, 수국, 디모르포테카,
메리골드, 계요등, 덜꿩

4 꽃에 美친 여자, '꽃미녀'의 삶

딸아이가 지어준 별명
꽃미녀- 꽃에 미친 여자

꽃처럼 아름다울 수 없다면
꽃에 미쳐서라도
꽃미녀 되면 좋지

피었다 지는 꽃
오래 간직 하고파
압화와 함께한 25년

인생 꽃밭에서
꽃을 가꾸며
진정한 꽃미녀의 삶
살아가야지

인생을 닮다 | 50*70cm 연꽃, 연잎, 부들

* 2003 대한민국미술대상전 압화 부문 우수상 수상작(2024년 리터치)

석·화·산* | 90*65cm 자작나무 껍질, 밤꽃, 족제비싸리, 좀목형,
가막살, 펜넬, 양골담초, 황새냉이, 세라지넬라, 개똥쑥

* 2004 대한민국미술대상전 압화 부문 대상 수상작(2024년 리터치)

삶의 포인트* | 65*38*72cm 아네모네, 미니장미, 멜람포디움, 데이지, 쿠페아, 포도넝쿨

* 동경 플라워엑스포 출품작(2005)

초여름의 길목에서* | 100*45*80cm 아카시아꽃, 백일홍, 보르니아

* 우즈베키스탄 타슈켄트국립예술센터 고양압화전시회 출품작(2007)

붉게 피어나는 그리움* | 86*30*30cm 석산, 붉노랑상사화, 등골나물, 맥문동

* 압화와 한지공예 접목(2011)

연꽃 향기 은은한 날* | 36*36*12cm 연꽃, 부처꽃, 고랭이풀

* 압화와 한지공예 접목(2012)

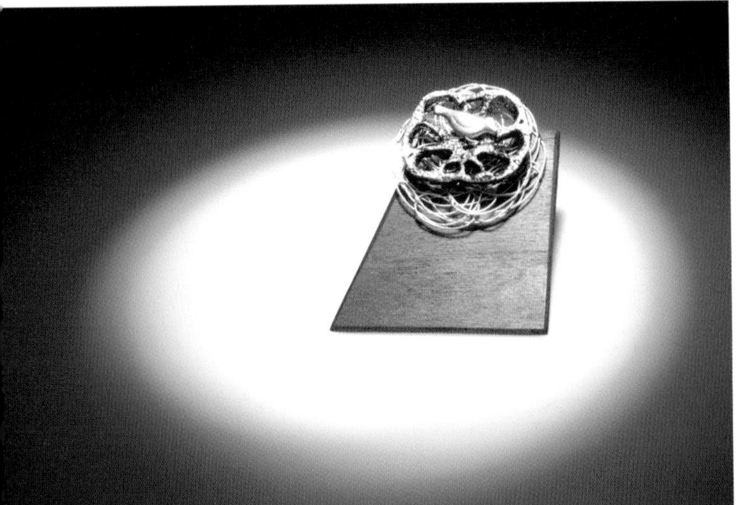

연 in, 표고 in* | 연근, 표고버섯

* 압화와 옻칠, 금속공예와 접목(2009)

에필로그

맺음시

추천의 글

맺음시

가로 세로, 새로

인생 후반기
가로늦게 새로 시작해 보고 싶은 게 많네

시, 커피, 꽃 농사는 이해가 된다만
그 진저리 냈던 영어 공부가 하고 싶어질 줄이야

참 알 수 없는 사람 마음
변하는 건지
늦되는 건지

가로로 쭉 펼쳐진 인생길에
세로로 영어와 시, 커피며 꽃을 심어
아름답게 알차게
가꾸어 보는 거지

바쁘게 가로질러 살다 보니
놓친 게 너무 많잖아
인생농사
아직도 늦지 않았어
새로 시작해 보는 거야

※ 가로늦다: '뒤늦다'의 경상도 방언입니다.

가로 세로, 새로* | 40*27cm, 27*40cm 커피, 꽃다지, 크리스마스로즈, 디모르포테카, 물망초, 황새냉이, 수국

* 압화와 냅킨공예 접목

추천의 글

양정인(사단법인 한국프레스플라워협회 상임 고문)

자연 속 꽃들은 우리를 기다려 주지 않지만 우리는 꽃들을 기다리고, 그 기다림은 찬란한 순간과 순간들이 되어 의식 속 영원한 꽃으로 기억하려 합니다. 언제부터인가 우리는 이런 말을 하지요. "꽃길만 걸으세요, 꽃길만". 마치 축복의 응원과도 같아요. 그러나 그 꽃을 피우고자 얼마나 많은 날을 태양과 바람과 구름과 비의 변화 속에서 묵묵히 침묵하며 인내와 함께 긴 시간을 보내야 했는지요. 이렇게 수많은 자연의 변화 속에서도 그 찰나의 순간들을 기억하고자 꽃 한 송이의 추억과 꽃 한 송이의 향기는 작품이 되어 그들의 존재가치를 일깨워 주고 있습니다.

그 꽃들은 엄마가 되고, 언니가 되고, 아이가 되고, 친구가 되어 작품 속에서 자리 잡고 인생처럼 펼쳐지는 꽃 작품의 세계로 들어오라고 하네요. 무언의 대화는 가슴 속 울림이 되어 서른 여덟 번 목련은 피고 졌지만, 다음 해도 또 그다음 해에도 더욱더 곱게 곱게 필 것입니다.

지난 시간을 축소하듯 보여주는 작품들을 보는 순간은 한순간이 되겠지만, 그 작품 속에 들어있는 영혼의 울림은 가슴 속을 가득 채워줍니다. 오늘의 끝은 이미 마중 나와있는 내일의 시작이 되어 그 꽃길로 오라고 손짓하며 부릅니다.

퇴직을 앞두고 꽃길을 대신하여 보여준 압화 작품 속에 담긴 열정과 정성에 축복을 보냅니다.

전) 고양 압화산업대학 주임교수

전) 한국프레스플라워협회 이사장

전) 대구가톨릭대학교 원예학과 겸임교수

최희옥(사단법인 한국압화교육문화협회 이사장)

엄마와의 추억, 떠나온 장소와 사람들과의 이별을 구김살로 안지 않고 꽃으로 표현해 낸 이야기입니다. 추억과 그리움이 담긴 작품을 접하니 작가와 함께한 시간이 풍선처럼 동동 떠오릅니다. 20년도 더 된 작가와의 인연은 공무원과 민간인, 스승과 제자 관계로 시작되었습니다. 저는 서울에서 자라 자연을 접할 기회가 없었던 터라 꽃으로 디자인하는 압화 작업이 곁을 주지 않는 작가와 친해지는 일만큼 어렵고 힘들었습니다. 하지만 온갖 꽃으로 결코 더하지도 덜하지도 않게 자연을 표현하는 담백함이 저를 매료시켰고, 잘해보고 싶은 욕심에 그 곁을 떠날 수가 없었습니다.

작가는 고양세계압화공예대전이라는 큰 꿈을 현실로 만들어 수년 동안 성공적으로 개최했습니다. 그리고 2007년도에는 회원들과 200여 작품을 만들어 우즈베키스탄 타슈켄트 국립예술센터에서 한국 압화 전시회도 추진 했습니다. 그때 작가의 기획력이 우즈베키스탄 화훼역사를 새로 쓸 만하다며 찬사를 받기도 했습니다.

내공이 쌓인 작가의 작품은 수많은 소재와 다양한 기법을 사용했기 때문에 달콤한 듯 쓰고, 따뜻한 듯 차갑고 그러면서 부드럽게 마음으로 퍼집니다. 그래서 아마 아이스크림에 잘 내린 에스프레소를 끼얹은 아포가토의 맛을 작품에서 느끼실지도 모르겠습니다. 바라보는 사람마다 다른 빛깔로 해석될 것이며, 결코 끝나지 않을 꽃에 대한 진심, 잃지 않은 초심과 진정성 그리고 인간다움이 함께 잘 버무려져 우리 마음에 따스하게 전해질 것입니다.

가장 가까이에서 그리고 많은 시간 압화를 함께해 왔기에 작가의 꽃 이야기가 기억 속에 오래도록 평온하게 자리 잡을 것이라고 감히 말씀드립니다.

전) 고양시 압화연구회장

대한민국 압화대전 심사위원

그 꽃, 그 꽃, 우리들의 꽃

황현정(라움심리상담센터장)

압화는 눌러 말린 꽃으로 이루어지는 예술작업이다. 압화를 하기 위해 꽃을 채취하는 시간은 꽃의 색소가 가장 아름다울 때를 원칙으로 한다. 이렇듯 작가는 아스라한 유년의 기억부터 오늘의 일상에 이르기까지 사람과 일, 사물의 틈새로 절정인 꽃을 곱게 누르고 말려 다양한 빛의 이야기로 엮어내었다.

누구나 눈을 감으면 떠오르는 마음속 깊은 곳, 가장 아름다운 기억이 있을 것이다. 그럴 때 환기되는 정서적 체험은 세월의 물기를 걷어낸 질감으로 다가와 때로는 안온한 행복감이나 충만함으로, 때로는 아련한 그리움이나 아쉬움으로 되살아나곤 한다. 이 지점에서 공감과 위로를 전하기 원하는 작가는 백 가지 꽃을 체온으로 붙이고, 삶의 굴곡을 감싼 잎과 줄기의 선들을 변주해 놓았다. 많은 이에게 꽃이란 하나의 이야기일지 모른다. 그리고 작가는 당신과 그 꽃의 이야기를 나누려고 작품 속 노을이 고루 내린 가을 들판을 내어 주며 곁에 설지 모른다.

꽃으로 펼쳐내는 자서전적 서사는 작가의 경험과 상상력, 관찰력을 더하여 환상적인 인생 정원으로 우리를 초대한다. 작품을 감상하노라면 때를 맞추어 등장한 삶의 단면들이 꽃핀 기억들의 육화로 현현하며 아찔한 향기를 풍긴다, 의미 있던 지난 순간들이 기억 속에서 영원해지는 순간, 작가의 그 꽃은 이제 나의 그 꽃도 피워냄을 경험한다. 말리고 눌린 꽃을 승화시켜 이전의 빛과 생명을 소환하는 것은 섬세한 재연 그 이상의 무엇이 있다. 살아내느라 얼어붙고 위축된 우리의 한 부분이 작가의 꽃밭에 발을 디디면 한 번 피었다 다시 피우는 그 꽃은 그렇게 다정히 계속 피어난다. 덕분에 우리는 원래 가지고 있었던 동심의 영토를 기억함으로써 지금의 나보다 더 컸던 언젠가의 나를 재발견하기도 한다.

반복과 차이를 번갈아 만들어 내는 작품 속 압화의 신비한 아름다움에 빠져본다면 이 세상의 모든 꽃이 어느 하나 같지 않다는 사실에 새삼 놀랄 기회를 맞이할 것이다. 큰 꽃은 큰 꽃대로, 작은 꽃은 작은 꽃대로, 바람이 불면 부는 대로, 반쯤 피면 핀대로, 활짝 피고 이울면 이운 대로, 희면 흰 대로, 붉으면 붉은 대로…. 실로 당당히 아름답지 않은가?

자신이어서 아름다운 꽃.
비교하지 않아서 아름다운 꽃.
그래서 따로 또 같이 무난히 어울리는 꽃.

아름다움은 곧 나다움이라고 한다. 작가는 진정한 나다움을 위한 여정을 그 꽃의 지도에 표시해 놓았다. 작품 하나하나는 그야말로 독특한 그 꽃으로 모여 새로 꽃피게 될 것이다. 작품을 감상하는 이들의 이야기를 들은 꽃들도 저마다 그들의 이야기를 시작할 것이다. 유일함, 그것으로 충분히 아름다운 그 꽃들의 화엄세상이 열리고 있다.

건국대학교 원예치료학 석사, 서울상담심리대학원대학교 박사 수료
세종사이버대학교 객원교수

당신의 '그 꽃'을 만나 보셨나요?

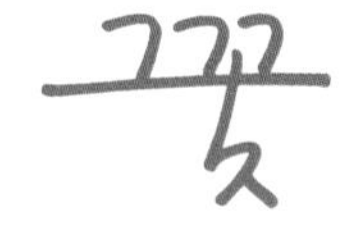

펴 낸 날 2024년 06월 21일

지 은 이 이영애
사진촬영 김병진
펴 낸 이 이기성
기획편집 서해주, 윤가영, 이지희
표지디자인 서해주
책임마케팅 강보현, 김성욱
펴 낸 곳 도서출판 생각나눔
출판등록 제 2018-000288호
주 소 경기도 고양시 덕양구 청초로 66, 덕은리버워크 B동 1708호, 1709호
전 화 02-325-5100
팩 스 02-325-5101
홈페이지 www.생각나눔.kr
이 메 일 bookmain@think-book.com

• 책값은 표지 뒷면에 표기되어 있습니다.
ISBN 979-11-7048-723-4 (03810)